前　言

　　随着时代的发展，书法作为我国的一种国粹，在各行各业中的需要显得尤为重要，就连外国友人也不惜飘洋过海来中国研习书法。

　　为便于初习书法者从多角度了解书法文化的博大精深，编著本书时收集了被国人公认为书法瑰宝的欧阳询《九成宫醴泉铭》。分别从笔画、笔画组合、字体结构等方面加以说明，真正做到由点到面，由浅入深的规律，并采用传统的米字格套红印刷，清楚明了，使习字者能够准确地把握汉字的结构特点，便于研习临摹。

　　由于编著时间仓促，加上编著者对书法研究的水平限制，所以书中难免有错误及缺点，敬请书法专家及爱好者批评指正，不胜感激。

编著者

2003年1月重修

练字须知

1、写字姿势

正确的写字姿势不仅有益于身体健康，而且为学好书法提供基础。其要点有八个字：头正、身直、臂开、足安。

头正：头要端正，眼睛与纸保持一尺左右距离。

身直：身要正直端坐、直腰平肩。上身略向前倾，胸部与桌沿保持一拳左右距离。

臂开：右手执笔，左手按纸，两臂自然向左右撑开，两肩平而放松。

足安：两脚自然安稳地分开踏在地面上，分开距离与两臂同宽，不能交叉，不要叠放。（如图一）

写较大的字，要站起来写，站写时，应做到头俯、腰直、臂张、足稳。

头俯：头端正略向前俯。

腰直：上身略向前倾时，腰板要注意伸直。

臂张：右手悬肘书写，左手要按住桌面，按稳进行书写。

足稳：两脚自然分开与臂同宽，把全身气息集中在毫端。

2、

要写好毛笔字，必须正确掌握执笔方法，古来书法家的执笔方法是多种多样的，一般认为较正确的执笔方法是以唐代陆希声所传的五指执笔法。

按：指大拇指的指肚（最前端）紧贴笔管。

押：食指与大拇指相对夹持笔杆。

钩：中指第一、第二两节弯曲如钩地钩住笔杆。

格：无名指用甲肉之际抵着笔杆。

抵：小指紧贴住无名指。

书写时注意要做到"指实、掌虚、管直、腕平"。

指实：五个手指都起到执笔作用。

掌虚：手指前紧贴笔杆，后面远离掌心，使掌心中间空虚，中间可伸入一个手指，小指、无名指不可碰到掌心。

管直：笔管要与纸面基本保持相对垂直（但运笔时，笔管是不能永远保持垂直的，可根据点画书写笔势，而随时稍微倾斜一些）。（如图二）

腕平：手掌竖得起，腕就平了。

一般写字时，腕悬离纸面才好灵活运转。

执笔的高低根据书写字的大小决定，写小楷字执笔稍低，写中、大楷字执笔略高一些，写行、草执笔更高一点。

毛笔的笔头从根部到锋尖可分三部分（如图三），即笔根、笔肚、笔尖。运笔时，用笔尖部位着纸用墨，这样有力度感。如果下按过重，压过笔肚，甚至笔根，笔头就失去弹力，笔锋提按转折也不听使唤，达不到书写效果。

3、临帖要求

① 字帖放置于书案左上方，如备有临帖架最好，可放在正前方。砚台放在右上方，练习用纸正对自己，不能歪斜，书写时可上下左右移动。

② 墨不宜蘸得太饱，养成一笔墨写完后再蘸墨的习惯，不能写一笔就蘸墨。

③ 字不能写得太肥或太瘦。学习书法要在"韧劲"上下功夫，开始临帖应写得稍瘦一些，书写以慢为宜。

④ 书法格式为从上到下竖写，先写完右边一行，再接写左边一行。

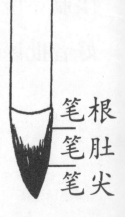

笔根
笔肚
笔尖

⑤　每天的临帖时间应保证半小时以上，至少应写二十字，节假日也不要间断。当然，如欲在书法上有所成就，这点时间是很不够的。

一般点画都是起笔藏锋，收笔回锋，中段缓缓运行。初学可参照点画运笔动作图示，但请千万注意这只是为初学方便而提供的动作分解图示。事实上点画的运笔都是一气呵成的，决不是简单的机械动作的重复。因此，临写点画既不能信手涂鸦，也不能像木偶一样僵化。一定要在教师的指导下，在临习中逐渐领悟笔法，否则，一旦形成习气，纠正起来就不容易了。

⑥　字的结构要经过较长时间的临习才能掌握。应先看清楚所写的字后再下笔，尽量养成看一个字写一个字的习惯，不能看一笔写一笔。特别要注意第一笔的起笔位置。初学只要能把字工整地写在格子中间就算达到目的。

⑦　米字格是供临习书法用的界格纸，便于临帖时对照范本字形，掌握点画位置，充分利用米字格，能帮助我们尽快掌握字的结构安排，把字写得端正、匀称，为过渡到"背临"奠定良好的基础。

4、习字名词术语解释

临摹：习字之法，统称"临摹"。细加区别，则为二法。"临"是置范本在旁，观其大小、点画形态、结构布置而对照书写；"摹"是以薄纸覆于范本之上，随其曲折婉转用笔描习之。

执使转用："执"指执笔，"使"指运笔，"转"指行笔的转折呼应，"用"指点画的结构安排。唐孙过庭"书谱"云："执"为长短浅深，使为纵横牵掣，转为钩环盘纡，用为点画向背。清笪重光《书筏》云："笔"之执使在横画，字之立体在竖画，气之舒展在撇捺，筋之融结在纽转，脉络之不断在丝牵，骨肉之调匀在饱满，趣之呈露在钩点，光之通明在分布，行间之茂密在流贯，形势之错落在奇正。又云："使转圆劲而秀折、分布匀豁而工巧，方许入书家门。"

指法：执笔时手指的合理分布和运用及相互间配合的关系。指主执笔，腕主运笔，二者配合恰当，才能合理用笔。古人说"执笔欲死"意即执笔应实在、肯定，不能轻飘虚浮，当然也不能僵硬强直。

掌法：执笔时手掌配合指、腕，必须做到"虚"、"竖"的要求，才能指挥如意，故历代书法家均有"指实掌虚"、"腕平掌竖"之说。

运腕：依靠腕部的力量运笔称运腕。字无论大小，应以运腕为主，运腕比运指力量足，活动范围大，控制能力强。

提腕法：运笔作书时，右手肘部搁在桌上，腕部提起，此法适宜写小字、中字，但需注意肘部不宜紧贴桌面，否则力气不易通过肩、臂贯注下来。

悬腕法：整个右臂离开桌面虚空悬着，使全身的气力通过臂、肘、腕、指，直到毫端。写大字和临习本帖时应采用悬腕法，与悬腕常相提及的是悬肘，运笔时要求抬肘松肩，肘部悬起，如此则全臂不受牵掣，腕方能灵活运用。然而近人沈尹默先生认为悬腕即是悬肘，他说："前人把悬肘悬腕分开来讲，主张小字只须悬腕、大字才用悬肘"。其实，肘不悬起就等于不曾悬腕，因为肘搁在案上，腕即使悬着，也不能随己左右地灵活运用。

指实掌虚：执笔的要领。按、押、钩、格、抵"五字执笔法"，五指即能紧。除小指贴于无名指之下外，其余四指均执住笔管，力在指上，如此，掌亦自然虚。明彭大翼云："用笔之法，指实则用力均平，掌虚则运用便易。"

笔力：从字的形态中所体现出来的"力"的感受，是从书法艺术的审美角度来理解的，与物理学上的"力"不能混为一谈。

中锋：用笔的关键技法之一。作书时，始终保持笔头的中心锋芒走中路，其所走的轨迹在点画的中间。历代书法家多主张写字要做到笔笔中锋，这是因为用中锋行笔，墨汁顺笔尖流注而下，不是上下左右偏斜，而是均匀向四面渗透，点画就自然显得饱满圆润。因此，中锋用笔是学习书法的重要内容，必须在正确的执笔、运腕的基础上反复领会。

侧锋：行笔时，笔的锋芒偏向点画的一侧。写出的点画一边光，一边发毛。通常书家认为侧锋是不可取的，但在行、草书中使用侧锋的例子还是比较常见的，只是初学者不宜使用此法。

　　藏锋：笔锋藏于点画之内而不外露。在起笔和收笔之处，凡不露锋芒的皆称为藏锋。藏锋写出的点画凝重含蓄，力不外露，古人谓"藏锋以包其气"，就是指的将笔力蕴藏于点画之内的道理，其写法是，起笔处笔毫逆锋入纸，收笔处往来的方向回锋。

　　露锋：亦称出锋。无论起笔收笔，凡笔的锋芒露出点画外的都称为露锋。露锋使字的神情外露。增加了字的灵动，同时将字里行间的呼应关系显现出来，给人以流畅的感觉。行书和草书运用露锋随处可见，楷书中出现露锋多在撇、捺、钩、挑的收笔处，但须特别注意出锋要用中锋，否则点画扁弱无力。

　　抢笔：又称"空抢"。行笔至笔画末端，借手腕下行的力量往反方向一缩，笔悬空反弹，这一瞬间的"回力"，笔力已送至笔尖，写出的锋势挺拔劲健，而无"虚尖"之病，凡收笔出锋的笔画用此法最多，如下尖竖、撇、捺等。

　　挫锋：又称"挫笔"。运笔时改变行笔方向的动作。一般的写法是，行笔至转角或出钩处，先顿笔然后把笔略提，转运笔锋以改变行笔方向。注意停笔，顿笔和转笔是一气呵成的，太快则交待不清，过慢又疲软失势。

　　转锋：转锋与折锋相对而言，是写出圆的点画的用笔方法。所谓"转以成圆"，不露锋芒棱角，转的关键处笔不停驻，提笔暗暗转过，有浑然天成之意。

　　提笔：提笔有二义，一是提笔离纸，接写第二画，二是在行笔过程中的提笔，笔不离纸，所写出的线条较细，但极具韧劲。

　　按笔：与提笔相反，笔往下按，行笔过程中且行且按，出现的线条较粗。应注意下按之力不宜过大，否则线条浮肿无力。实际上，写字的过程就是笔在纸上提按交替的过程。一画之内或是点画之间，有了提按交替，就有了轻重变化，从而也就有了节奏感和韵律感，所书之字就显得神采飞扬了。

　　顿笔：与按笔近义，但按下之力略大些，所谓"力透纸背者为顿"。一般顿笔有顿下略停的意思，在点画的起止处用得最为普遍。

　　轻重：历代书家认为用笔应力不过腰，意即用笔不宜超过笔毫的一半，否则神气涣散，有浮滑之弊。故以用一分笔为轻，用三分笔为重。书法用笔的轻重首先表现在一画之中的轻重变化，其次表现在点画之间的轻重对比，如所书之字无所谓轻重，给人的感觉必然缺乏生气，只是机械的重复而已。

　　缓急：缓慢急速的用笔方法。缓使其点画凝重，急使其点画生动，故缓得其形，急得其势。写字是快与慢的有机配合，若是只图快，则点画轻飘，一味地慢又使点画呆滞。清代宋曹《书法约言》云："迟则生妍而姿态毋媚，速则生骨而筋络勿牵，能速而速，故以取神，应迟不迟，反觉失势。"初学书法宜慢勿快，特别是点画中段的行笔过程，应缓慢徐行，即古人所谓"留得住笔"。

　　方圆：方笔和圆笔的用笔方法，点画的起、收和转弯处出现棱角，顿笔后折锋写出的部分称为方笔。方笔写出的笔画方整峻利，气势开张，精神外溢，故又称为"外拓"笔法。相对而言，凡点画的起、收和转角处不露棱角的都是圆笔，变换行笔方向处提笔暗转，且行且提。圆笔所书点画浑劲绵韧，笔意紧敛，所以又称"内抾"笔法。

　　逆入平出：起笔处，笔锋从相反方向逆锋着纸，随即转锋行笔，使笔毫平铺而出。

　　万毫齐铺：作书时笔毫一齐着力，根根笔毫都发挥作用，毫铺纸上，四面势足，即所谓"万毫齐铺"，亦称"万毫齐力。"

　　无垂不缩、无往不收：用笔的基本法则之一。指运笔时的笔势有来必往，有去必回，有放必收。如此用笔才能气韵生动，神完势足。写竖画至收笔处将笔锋回缩，写横画至收笔处须把笔锋回收。这样写出的笔画自然前后呼应，而笔力也蕴藏于点画之中了。此说最先创于宋代米芾，他用"无垂不缩，不往不收"这八个字道出了书法用笔的精髓。

　　笔势：各种点画都有各自特殊的形态。表现这些姿态不同的点画要靠用笔去完成。用笔当然也必须顺从点画的形态，这就形成了点画自身的笔势。又因点画在字中所处的位置不同，历代书家用笔结体也各具特色，所以笔势也就随之而异。笔法是写任何点画必须共同遵守的基本法则，笔势则因人的性情和时代风尚而有肥瘦、长短、曲直、方圆、巧拙、和峻之区别。

取势：点画和结体取得态势的技法。通常认为中锋以运笔，侧锋以取势。要"竖画横下笔，横画竖下笔"，"欲左先右，欲下先上"这些动作都是为了取势，结字时的参差错落，动静相衬也是为了取势。

间架结构：点画之间的联系，搭配和组合，与结字、布置同义。落笔之前，先预想字形，不偁手任笔为体。唐孙过庭书谱云："初学分布，但求平正，既知平正，务追险绝，既能险绝，复归平正。"

分行布白：安排字的点画结构和布置字与字，行与行之间关系的方法，字的点画有繁简，结体有大小、疏密、斜正，故分行布白是为使其上下左右相互影响，相互联系，以达到整幅浑然一体的艺术效果。

计白当黑：点画安排的原则之一。指将字里行间的虚空，即"白"处，当做实在的点画"黑"，来加以布置安排，使其黑白相映生辉。古人云："字画疏处可以走马，密处不使透风，当计白当黑，奇趣乃出。"

笔意：书法作品的意趣、气韵、风格等，表现在点画的姿态、字体的结构当中，与笔法、笔势同为书法三要素。沈尹默《书法论》云："笔势又是在笔法纯熟的基础上逐渐演生出来的，笔意又是在笔势进一步互相联系、活动往来的基础上显现出来的，三者都具备在一体中，才能称之为书法。"

笔断意连：写字时点画虽断开，但笔势仍相连续叫"笔断意连"，或"意到笔不到"。唐太宗赞王羲之的书法："观其点曳之工，裁成之妙，烟霏露结，状若断而不连。"

精气神：指字里透露出来的精神、气韵和神采。这是作者的艺术造诣和精神气质在书法作品中的反映。精、气、神是统一的整体，是不可分割开来理解的。宋苏轼论书云："书必有精、气、神、骨、血，五者缺一不成为书也。"

沉著痛快：沉著指用笔厚实而不轻浮，痛快指用笔爽快利落，两者本来互相对立，而书家往往能把它们统一起来。表现在字中既笔力雄强，又笔势流畅。沉著痛快是书法的高级阶段，要经过长期的磨练才能在字中体现出来。

锥画沙、印印泥：比喻用笔方法，宋黄庭坚云："如锥画沙，如印印泥，盖言锋藏笔中，意在笔前。"锥锋画进沙里，沙形两边凸起，中间凹成一线，以此来形容书法"中锋""藏锋"之妙；印章印在印泥上，不会走失模样，形容下笔既稳且准，能写出心中所构思的字迹。

折钗股：写笔画的转折处，要求笔毫平铺，锋正圆而不扭曲，如钗股虽经曲折而其体仍圆，以此来比喻转折的艺术效果，清朱履贞云："折钗股者，如钗股之折，谓转角圆劲力均。"现时可用折钢丝来理解，钢丝虽经曲折，但转弯处仍圆劲有力。

屋漏痕：以写竖画为比喻，要求行笔时不可一泻直下，须手腕微微时左时右顿挫行笔，如屋漏之水顺墙壁蜿蜒下注，则笔画圆活生动，传为颜真卿所言。

永字八法：以"永"字八种笔画为例，阐述正楷点画用笔的方法。其法称点为"侧"，须侧锋峻落，铺毫行笔，势足收锋；横画为"勒"，须逆锋落纸，缓去急回，不应顺锋平过；竖画为"努"，不宜过直，太挺直则木僵无力，须于直中见曲势；钩为"趯"须驻锋提笔，势足出锋，其笔力才集中在笔尖；仰横（挑）为"策"，用力在发笔，得力在画末；长撇为"掠"，起笔同竖画，出锋要饱满，力要送到笔尖；短撇为"啄"，落笔左出，要爽快峻利；捺笔为"磔"，要逆锋轻落，折锋铺毫缓行，节节加力，势足出锋，重在含蓄。后人亦将"八法"两字引伸为"书法"的代称。

欧阳询
《九成宫醴泉铭》简介

欧阳询（557-641），字信本，潭州临湘（今湖南长沙）人，曾任太子率更令，弘文馆学士，封渤海县男，故也称"欧阳率更"、"欧阳渤海"。他自幼聪明颖悟，文史皆通，学书尤其勤奋，是初唐四大家之一。书风受王羲之影响较大，兼容北朝书体，形成了"森森焉若武为矛戟"的风格，笔势险劲，结构谨严，人称"欧体"。

《九成宫醴泉铭》刻于唐太宗贞观六年（632）四月。唐太宗避暑于九成宫，发现一水质甘美之泉，命"醴泉"，因令立碑，魏徵撰文，欧阳询正书，时年75岁。因此碑是欧阳询晚年奉敕所书，且"瘦硬清寒，而神气充腴"，"遒劲之中不失婉润"，所以有极高的研究价值，是欧体的代表作。

笔为主，撇捺多圆笔，弯钩取隶法，显得轻松婉转而有圆意，直钩用折法，钩锋短而有力，转角亦方亦圆，生动活泼。

此碑的结构特点：间架平稳匀整，字形瘦长，显得"四面停匀，八边俱备"。中宫紧密，横、竖、撇、捺、斜钩、反弯钩中有一主笔画向外伸展，如"猛锐长驱，一片神骨"，紧密中显疏朗虚和。笔势相背得神，平正中寓峭劲。

点画

侧点（一）

露锋起笔，左向下作顿势，渐提向右上收笔。

侧点（二）

露锋起笔，向右下作顿势，转锋向下，渐提收笔，亦可回锋。

直点

藏锋起笔，平出作顿势，折转向下，渐提收笔，亦可回锋。

向上点

露锋起，向右下作顿势，再回锋向右上挑出。

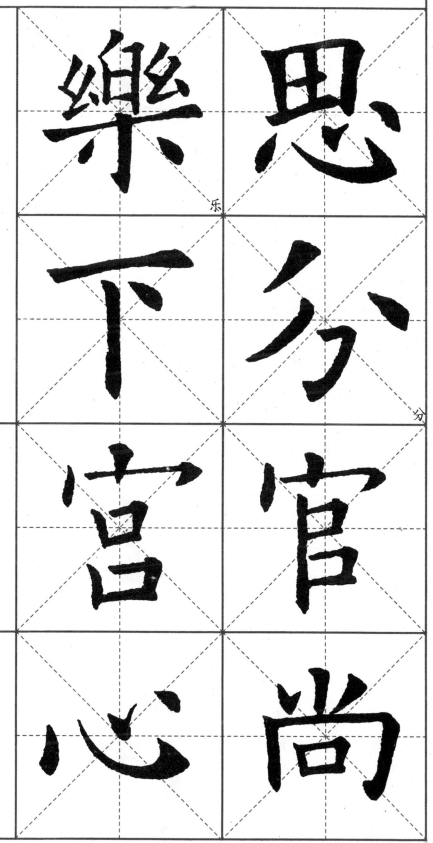

乐

分

向下点（一）

露锋起笔，向右下作顿势，折转中锋向左下行笔，收笔出锋。此点左边有明显的凹势。

从

向下点（二）

露锋起笔，向右下作顿势，折势侧锋向左下行，渐提收笔。

平挑点

露锋起笔，向下作顿势，再向右平挑出锋，形似三角形。

竖点

露锋起笔，直下行笔，渐重，轻提，亦可回锋。

怀

营

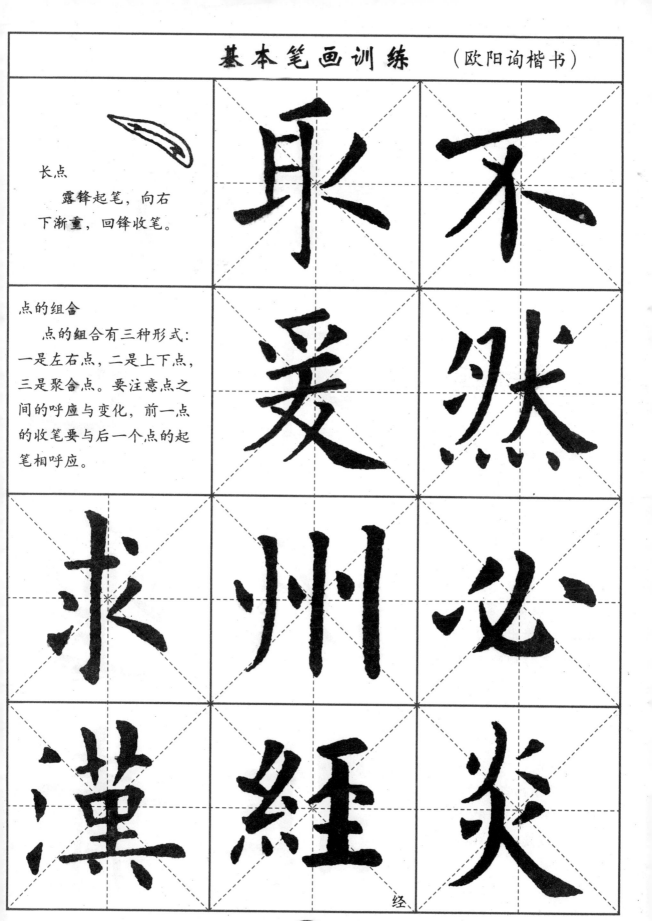

长点

　　露锋起笔，向右下渐重，回锋收笔。

点的组合

　　点的组合有三种形式：一是左右点，二是上下点，三是聚合点。要注意点之间的呼应与变化，前一点的收笔要与后一个点的起笔相呼应。

耿　不
爱　然
求　州　必
漢　經　炎

经

横画

短横

　　露锋起笔，略斜顿，再向右平出，收笔略重并回锋，形短而粗。

长横

　　露锋起笔，略斜顿，再向右平出，中轻，收笔略重并回锋。

尖头横

　　露锋起笔，露锋起笔，直接向右平出，由轻渐重，收笔作顿回锋。

横的组合

　　注意横画之间的长短、粗细、轻重、向背、平斜等变化以及呼应关系。

流

圣

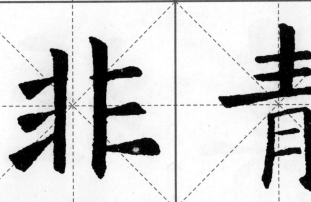

事　棄　常

弃

盖　佳　記

记

竖画

垂露竖

　藏锋起笔，略斜顿，再折笔向下，中轻，收笔时渐重并回锋，如垂挂的露珠。

申　中

悬针竖

　藏锋起笔，略斜顿，再折笔向下，渐提，收笔出锋，如悬着的针。

帝　常

短竖（一）

　　笔法同垂露竖，形短而粗。

则

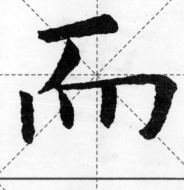

短竖（二）

　　露锋起笔，由轻渐重，中略带弧势，回锋收笔。

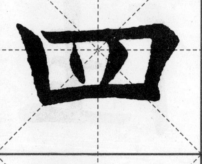

短竖（三）

　　藏锋起笔，略作顿势，再向下行笔，由重渐轻，收笔亦可出锋。

征

时

撇竖

　　露锋起笔，作斜顿，再转势直下，带弧形，收笔出锋，如撇状。

竖的组合

　　注意各竖之间的向背关系和长短变化，一般地说，短竖较粗，长竖较细。

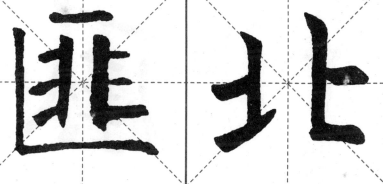

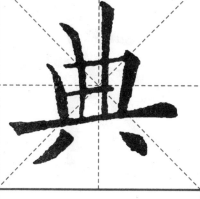

撇画

平撇

　　藏锋起笔，向下作顿势，再轻提侧锋，折向左下行笔，由重渐轻平出，形短而平。

动

峥

竖弯撇

藏锋起笔，稍顿后，折笔向下，至中部弯向左行笔，出锋，弧度较大。

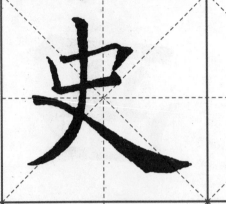

钩撇

露锋起笔，渐重，收笔驻锋，向左上钩出，略出锋。

风

长斜撇

藏锋起笔，稍顿后折笔，用中锋向左下行笔，细长而有弧度，出锋。

短撇

笔法基本同平撇，侧锋行笔，以45°角出锋。

征

尖头撇

　　露锋起笔，渐重，再渐轻，向左下出锋，形如月牙。

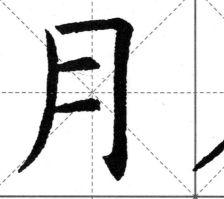

竖钩撇

　　露锋或藏锋起笔，稍顿后转笔直下，作竖钩，回锋向左出锋。

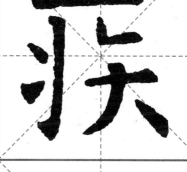

撇的组合

　　注意各撇之间的斜直、长短、粗细、弧势等变化，一般地说，长撇轻细，短撇重粗，与捺配合要考虑其平衡。

捺画

点捺

笔法同长点。书写时为了寻求变化和平衡，有时把捺改写为点。

斜捺

露锋起，平捺后，即向右下行笔，由轻渐重，至捺脚处轻提回锋，向右平出，渐提出锋。

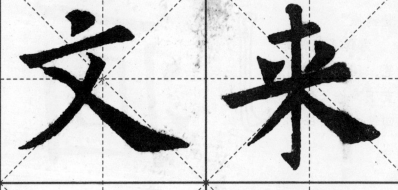

平捺

露锋起笔，向下稍顿后即向右行笔，渐重，收笔同斜捺。

捺与撇的组合

捺能控制字的收与放，与撇配合支撑字的结构，书写时要注意字的平衡与收放关系。

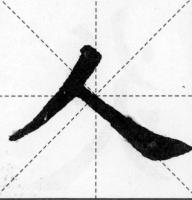

参

养

水

钩画

弯钩（一）

　　露锋起笔，带弧势行笔，至钩处稍顿后即向左出钩，钩锋较长而平。

字

弯钩（二）

　　笔法基本同（一），起笔弧度较大，中下部较直，钩锋较短。

隆

家

坠

竖钩

　　藏锋起笔，稍顿后即折势向下，中细，至钩处稍顿，提笔向上回锋，再向左快速出钩。

身

闲

開

横折斜钩

笔法基本同横折钩，转折处要提笔向右上作顿，竖要有一定的斜度。

横钩

露锋起笔，作横状，渐细，至钩处，向右上提笔作顿，向左下出钩。

横折钩

露锋起笔，作横状，再提笔作顿，折势向左下行笔，顿笔出钩。

竖折钩

露锋起笔，稍顿即折势向右下行笔渐轻，再转势向右行笔，至钩处渐重，侧锋向上出钩。

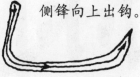

耳钩

　　露锋起笔，向右上作顿，转笔向左下出钩，再快速向右下行笔，渐重，向左上出钩，上下钩的角度要小，左耳上大下小，右耳上小下大。

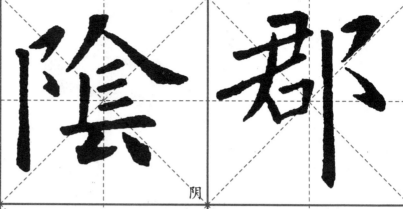

阴

横折背抛钩

　　露锋起笔，作横状，折处挫锋后（亦可另起笔）自上而下行笔，有凹势，弧度均匀，回锋向右上出钩。

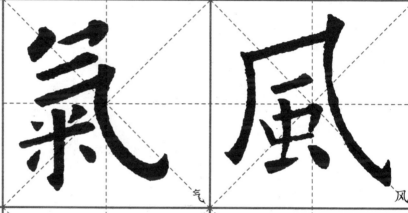

气

风

卧钩

　　露锋起笔，由轻渐重，带弧势，回锋向左上出钩。

斜钩

　　露锋或藏锋起笔，作顿势后即向右下行笔，渐轻，稍带弧势，回锋向右上钩。

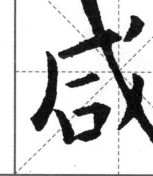

折画

横折（一）

　露锋起笔，稍顿作横状，折处提笔向上，重顿折锋向下，回锋收笔。

横折（二）

　笔法基本同上，折处用圆转，横短，竖长，带弧势。

挑画

短挑

　露锋起笔，稍顿即向右上挑出，渐轻，出锋，锋短。

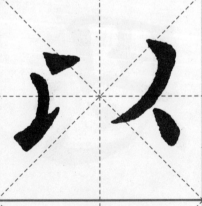

长挑

　笔法同上，锋长。

横折撇

　　以斜横和短撇组成，折处可连可分。

撇折提

　　以撇和提（挑）组成，撇长提短。

县

撇折点

　　以撇和点组成，折处有两种：一种是点出头，一种是撇出头。

竖折（一）

　　笔法采用先竖后横法，横长而细，呈凸势，横短而粗，呈斜势。

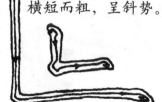

独体结构

结构严谨，疏朗温雅，上窄下宽，平稳方正，长横，长竖，长撇，长捺，向四面延伸有拓展而不拘谨之意。

勿

乎

身

丹

山

美

来

東

馬

長

为

美

长

东

为

下

之 申 大

尤 及 雨

又 上 下

人 月

上下结构

上宽型

　　上部宽放，以控制字的平衡，下部收缩为窄长型，以支撑字的上部。凡人字头、宝盖头和上部是左右结构的字都须写成上宽型。

云

宝

官

质

导

金

含

察

冠

下宽型

　　上部窄长，下部宽放，以长横和撇捺为主向左右延伸，以起稳定重心的作用。

盖

萬　万

尚

思

髙

頂憂　忧

豈　岂

參　参

其

夏

架

上中下结构

结构较长，上、中、下三部分要注意收放效果，或上放，或中放，或下 到两个笔画（如撇、捺或横）向左右拓展，起平衡作用。

当

崇

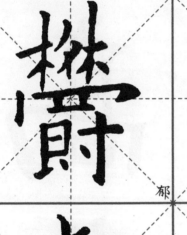

郁

常

其

学

带

灵

营

台

弃

左右结构

让右型

　　左小右大，左部偏旁要避让右部的主体笔画。有些笔画还要改变位置，如"王"旁的最后一横要改为提。

但　功

理　悦　坤

物　城　将

凄　於　揾

让左型
　　左大右小，
右部的笔画要避
让左部的主体笔
画

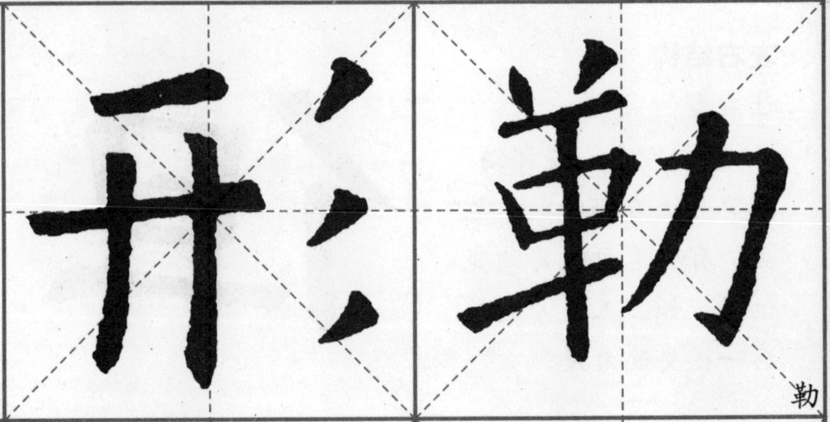

形

勒

勃

動

新

斯

離

歛

彫

則

顯

均等型

　　因笔画大体均等，所以左右各半，但不能相互分割，要相互联系，做到有迎有让，有呼应。

腊

始

醴

縣

弱

县

齡

蠲

肌

龄

效

敢

明

敢

明

穿插型

　　左右两部分通过画笔的相互穿插，填补相互的空白，以达到和谐的统一。

編 编

銘 铭

玩

陽 阳

蠋

顯 显

踤

祉

錄 录

功

頌 颂

高低（长短）型
　　如一边有长笔画或结构较长，则另一边必须缩短，以求得收放均衡。

記

物

記

服

如

和

加

城

竭

郡

神

針

針

左中右结构

　字形较宽，三部分之间要写得有收有放，疏朗而紧凑，笔画之间要注意穿插和迎让。

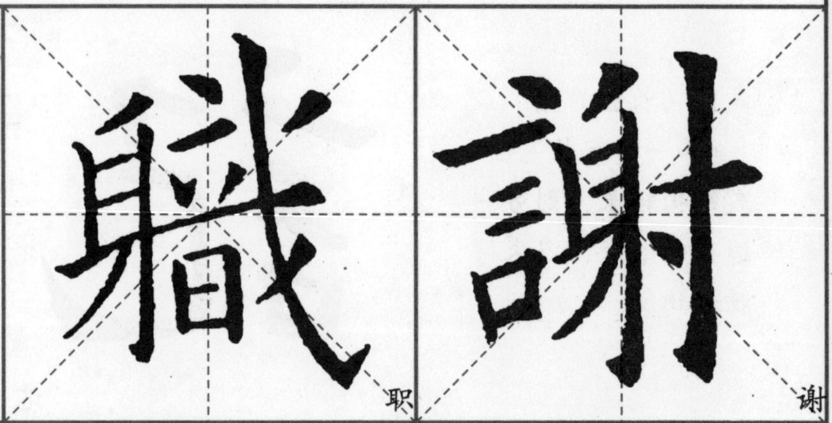

職 职

謝 谢

列

儆

微 征

随

雜 杂

雖 虽

離 离

唯

卿

包围结构

　　全包围的字要有要有一处断开；半包围的字要考虑平衡，里面的笔画要向开口方向延伸。

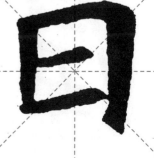

成 山 屚

廻 洄 庭

武 田 圖

屋 閣 内

丘　架　王

五　京　百

有　正　工

時　舟　心

但 水 黎

黎 乎 蒸

力 令 求

珠 含 乃

玩

覽 览

起 起

宇

氣 气

龜 龟

視 视

九

也

風 风

元

尤

我 幾 職

武 代 城

氏 長 儌

戉 感 休

動 地 形

扶 胘 如

何 始 郡

針 和 神

玥

寶

泉

棟

雨

流

唯

雲

隆

品

頌

架

壮　北　美

舜　形　宫

固　周　屡

怡　理　茅

�挹　随　暎
映

则　遊　勒
则　遊　勒

坤　斯　握

道　新　列

日　光　晶

智　尧　蒸

其　岂　宁

宫　臺　景

岂

宁

台

景

敢 峰 谢 职

馬

感

庭
庭

居

龜
龟

廊

幾
凡

色

屢
屢

咸

廻
回

覽
览

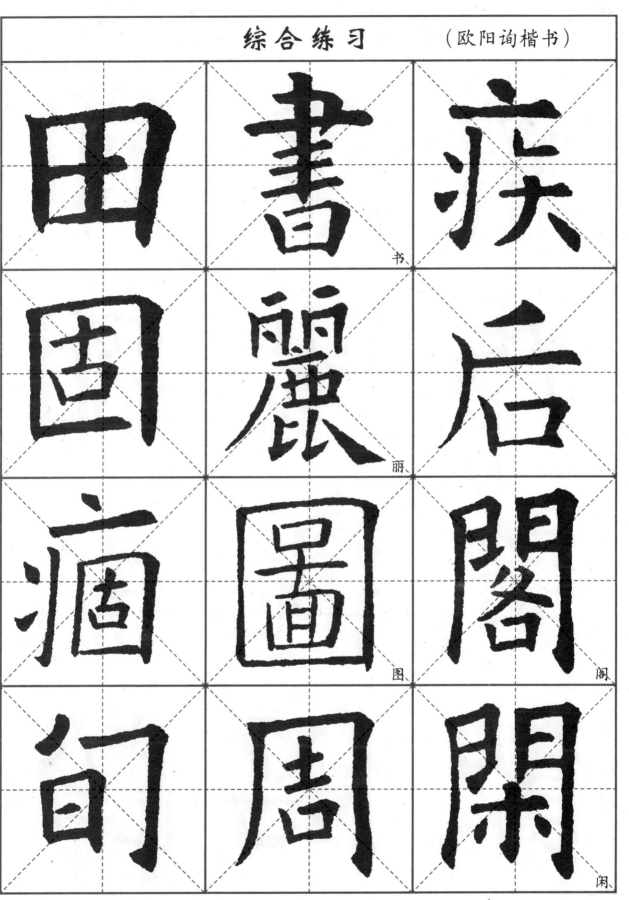

田　書　疾
固　農　后
洄　圖　閣
旬　周　開

醴	陰	雖
		虽
踥	陽	雜
	阳	杂
詢	觀	顯
询	观	显
飲	銘	齡
饮	铭	龄